給生活多一顆糖 2

# 善良的死神先生

波比 繪著

U0061891

知出版

Hello。😊

我竟然順利完成人生第二本書。這必須要感謝一群一直支持我的讀者。你們的私信和留言給了我很多動力和力量。ㅠㅠ~感動

這是一本關於善良和同理心的書。書的主角是一名善良死神。他是一個見證生命最脆弱時刻的存在。透過死神先生的視角，我們將見到他面對死亡時所展現出的關懷和尊重。

在現今社會,人與人之間的連結好像變得越來越脆弱了。人們似乎對於許多不公和缺乏同理心的行為都視而不見 •_8

這激發到我創造一位性格十分善良的角色-死神先生。我希望籍着這角色來提醒大家,縱使這世界要變得多可怕,我們也能保持善良的心

作者先生
波比字

## 善良的死神先生

名字：死神蘿拔

靈魂收集數量：零

階級：低級死神

他是一名愛耕種、愛生命和愛地球的死神。善良的死神蘿拔從不用強硬方式奪取靈魂，心軟的他每次都給瀕死的生命多一次機會活下去。

## 小小鬼

從很久以前已孤獨地
待在死神界的遊魂野
鬼——直到遇上善良的
死神。他是死神蘿拔唯
一的朋友。當死神蘿拔
出外工作時，會幫忙照
料他的農作物。

## 蔔蔔

死神蘿拔的農作物，長
大後會成為巨人蘿蔔。
除了種植者外，幾乎都
不會讓其他人看到自
己。有掘地能力，可像
地鼠般自由穿梭泥土
中。

## 艾美

階級：高級死神
靈魂收集數量：30,003
死神蘿拔的上司，特別
喜愛收集貓的靈魂。
雖然外表冷酷無情，但
其實很照顧下屬。逐漸
被死神蘿拔的善良動搖
到……

## 小湯圓

除了湯匙外，甚麼地方
都不想去，卻對外面世
界充滿好奇心。 跟呆
珠是好朋友。

## 牛奶麻糬

整天喜歡睡在黃豆粉上的麻糬，覺得只是看着這個世界已經覺得很累。

## 咖喱魚蛋

一身咖喱汁的魚蛋，渴望可以結交到朋友，但自卑性格是他最大的障礙。

## 柴火人

喜歡小水滴，有一顆灼
熱的心，經常不顧一切
幫助別人，有時會令身
邊的朋友擔心。

## 小水滴

來自水坑的小水滴，喜
歡柴火人，卻又明白自
己不可以觸碰他。會想
盡方法去確認柴火人的
愛。

## 鹹蛋黃

夢想自己有一天能夠成為太陽的鹹蛋黃。跟抹茶圓是好朋友。

## 抹茶圓

一顆被吃剩的抹茶圓，好容易感到孤單。從沒發現頭上其實有一顆小紅豆一直陪伴着他。

那個…不好意思打擾你了

是…是死神先生！

我的壽命已盡了嗎！？

不是啦，你的時間還有

我是來提醒你要吃多點蔬菜

還有要多喝水！
這樣才會長命百歲啊！

喔！你是怎麼知道的？

嗯…是工作經驗觀察到的

我知道你應該不會感覺到的

但我還是想送你一個抱抱

那…準備啊…

~消失

我在你後面啊…

小小鬼！你別要嚇讀者們啦！

嘻嘻…

你真的做得好好

你的努力大家都會看到的！

其實…我從來沒有想過跟你說這些的
希望現在不會太遲吧！

我覺得你應該要愛自己多一點

再見啦！下次再來找你

小小鬼你剛剛跟誰說話啊？

以前的我

小湯圓，你好

喔！你好！

那個…我有些事想跟你說

嗯？

但我不知道應該怎麼說…

是想表白嗎？

沒關係的，勇敢說出來吧！

就是…今天是元宵節嘛！
所以你的壽命今天已完結啦！
想請你跟我走而已

喔！原來是這樣

元宵節我還要跟家人團圓，
不能跟你去啦！

必須是今天

喔！是今天了，不可以再等！

嗚哇！真的嗎？

對！必須是今天！

是喔…

難道不可以等我過完今天的生日嗎？

絕對不可以！

善良的死神先生

好，來吧，我準備好了

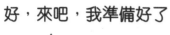

禮物必須要在生日當天送嘛！

喔！你好
我只想跟你說

無論那個是甚麼都好

勇敢去追吧！

如果你是怕會失敗，
我可以幫你占卜一下啊！

打圈圈

喔！占卜說你一定可以成功的！

其實啊…
我們在這世上的時間實在太短了

對不起，我不可以跟你走

嗯？為甚麼？

因為我在等我的愛人回來…

你的愛人是誰？
我可以幫你找他

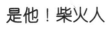

是他！柴火人

但你們一起會縮短大家壽命的！

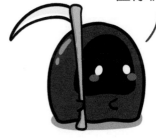

我們只想陪着對方渡過每一天

好吧！

喔！死神先生，你來啦！
我的生命差不多要完結，對嗎？

對呢，看你的木柴快燒盡了

我也覺得累了，
不想再燃點着

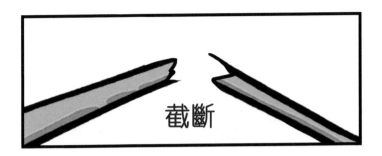

截斷

為甚麼？

如果覺得累，那就先休息一下吧！
但請不要放棄心中的那團火啊！

不好意思，你的時間到了，請跟我走

請等一等

那個…請問在等甚麼？

我正在處理我的心事

我有甚麼可以幫到你嗎？

可以給我一個擁抱嗎？

當然可以！

謝謝你

那可以走了嗎？

還沒

我現在感覺可以
勇敢活下去了！

喔！我要死了嗎？
這太突然吧

對呀，不好意思

那我至少要去天堂嗎？

那個…好像不是

吼！你就一點好消息
都沒有帶給我嗎？

我有帶點草莓來，
你要吃嗎？

好吧，是日本熊本
草莓嗎？

不是，我自家農場種的

吼！我只想吃日本的！
算了，給我三顆吧！

對不起，我只有兩顆

我不喜歡你的服務，
叫你上司出來

……

我想到了，可能要說得商業化一點

不好意思，打擾你一下，
我想跟你講解本公司的服務

對不起，
我對推銷沒有興趣

等…等等，
有一分鐘嗎？

我真的在趕時間

但…但我不是推銷員啦！

還有…我想說…你的時間無多啦！

唉…這工作真的好難啊！

死神先生，
我可以問你一個問題嗎？

當然可以呀

死亡，可怕嗎？

死亡本身不可怕，
是慾望令死亡變得可怕

慾望？

對！因為大家在臨死的時候
才會發現還有很多想做的事

然後都不想跟我走…

啊！你呢？你還有甚麼想做的嗎？

＼有有有！好多！／

那千萬不要放棄啊！
要盡力去做，知道嗎？

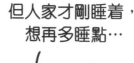

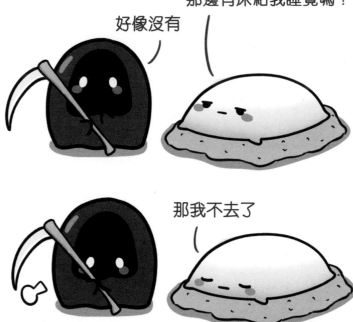

好啦！不要賴床
今天真的要走啦！

請問…我可以帶棉被去嗎？

這恐怕會不太方便

但天氣真的太冷了
我不想離開棉被

善良的死神先生

你說得對呢！

呼

那你要枕頭嗎？
會更舒服的

好呀！

善良的死神先生
靈魂收集業績：還是零…

我剛剛開始追一套新劇

要看完才可以跟你走啊！

死神先生
你喜歡你的工作嗎？

不太喜歡

每次都會令人傷心，
是一份很悲傷的工作

那我們一起做點
有生命力的事吧！

喜歡耕種的死神先生…

好啦好啦，先別哭啦！

放好

蘿蔔仔要乖乖啊⋯

蘿蔔

要快高長大啊！

潛入

 蘿蔔的種植方法：
小時候會用葉子吸收陽光養分，
隨着身軀變大後，會用身體吸收
地核發出的熱能作養分。

蔔蔔，我要上班去啦，
你要乖乖啊！

等等啊！要抱抱

喔！好

要親親

要乖乖

嗯！乖乖

摸摸頭

好！拜拜

拜拜

爹爹！要慢慢行啊！
跑跑跑會跌，會哭啊！

喔喔！知道啦

尿尿要去廁所啊！
不要尿在褲子裏啊！

要遲到了

我聽不清楚，
你想要甚麼啊？

葡葡，隊隊

甚麼是隊隊啦？

隊隊！

喔！

喝隊隊啦！

原來是想喝水水嘛

要健康成長啊！

拜拜隊隊！

喝水

死神先生，你覺得現在這個水杯是
半杯滿，還是半杯空呢？

嗯？

這個嘛…

應該是…半杯…

沒所謂吧，我只慶幸我有水杯

要多喝水啊…

鹹蛋黃，你的時辰已到⋯

哎！為甚麼！？

為甚麼是今天？

因為是中秋節啊，
大家都要吃月餅

但我今晚約了大家一起看月亮
如果我現在死了會很掃興的⋯

也對呢…
反正每年的月餅大家都吃不完的

對對
點頭

你走吧！玩得開心點

那個…死神先生要不要
跟我們一起看月亮？

噢耶！

好呀！

你最近業績一直是零啊！

對不起

艾美
高級死神

大家都不想跟我去

你要善用你的技能

技能？

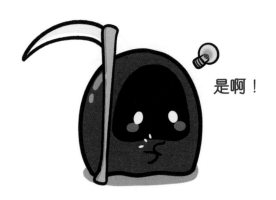

是啊！

送你蘿蔔
這是我自家種的
跟我走吧！

……不要

死神先生，你在哪裏啊？

你找我嗎？

喔！對！

我正打算用我的靈魂
跟你換取名成利就

那我要看看你的靈魂值多少

喔！好

資料顯示…
你的靈魂值可換兩隻香蕉

…有…有機的…

我要見你經理，
叫他出來

歡迎你的來臨，
死神先生為你服務，
我將會帶你去往生後的世界

喔！服務態度
不錯呢

那個請問要行多久？

大概還有三個小時吧

甚麼！？這太遠了吧！
為甚麼你不駕車來接我？

對不起…
我沒有車

算了，我不要死了
你下次有車時才找我吧！

等…但是…

我們可能…可以搭巴士嘛！

呼～好險，差點死掉…

死神先生靈魂收集業績：還是零

嗯？

你沒事嗎？

嗯！現在已經好多了！

多靠近那個令你心靈帶來平靜的人…

我會一直都在啊…

小小鬼你在哪裏啊？

躲到哪裏啊？

我在這裏啊！

哇！

不好意思
今天出門忘記披上被單

嚇死啦！

有點膽小的死神先生⋯

噢！小鯊魚你怎麼了！？

人類拿走了我的魚鰭，
然後掉我回海裏

死神先生，我是不是
不可以再游泳了？

你是來接我走嗎？太好了，
我已經感覺不到痛了，
謝謝你，死神先生

嗯？

你快點走吧，
不要被人發現

謝謝你，死神先生

好好游吧，不會再有人類發現你的了

喔！你早到了

啊！北極熊先生
你怎麼知道我早來了

因為我在等待這最後一塊冰溶化掉啊！
我看還有一段時間，為甚麼死神先生那麼早就來？

喔！因為我有早到的習慣
我怕大家要孤獨面對死亡嘛！
所以早點來陪伴着

善良的死神先生

放心吧！我不害怕死亡，自出生以來我就
一直為尋找冰塊而生存着，現在可以跟這
個冰川的最後一塊冰一起溶掉，我無憾了！

嗯！？是冰！

好好享受，以後不用
辛苦找冰川啦！

謝謝你！
死神先生

 這個世界太殘酷了…

你沒事吧？

喔！是死神先生，
我肚子好痛啊！

是吃錯了甚麼嗎？

最近的水母吃起來怪怪的

看來最近你吃的
都是人類的膠袋

可惡！為甚麼膠袋
長得那麼像水母？

死神先生，我動不了

那是因為你中毒太深了
你跟我走吧！

死神先生，在我死前
可以讓我去一個地方嗎？

可以呀！

記得別要吃錯膠袋啊！

你就好好留在孩子們的身邊吧！

啊！死神先生為甚麼
獨自在雨中呢？

喔！因為她說還未準備好跟我走

所以我想陪她一下

慢慢來啊，不用急的

這個送兔兔吃吧！

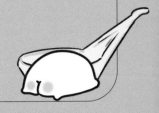

吼！我放棄了
無論我多努力，都收集不到靈魂

我真的很累了

死神先生！
別要放棄啊！

謝謝你一直以來的
善良和收集失敗

令到我們學到寶貴
的一課啊！

嗯？學到甚麼？

學到要珍惜自己
所擁有的啊！

喔！對對對！

## 不想走的小貓貓

小貓貓，他們找到撞倒你的人了
終於幫你討回公道了，你可以跟我走吧！

不要

為甚麼！？你還有甚麼事想做嗎？

這幾天我的主人很傷心和失眠，
我想留在這裏陪着她，
她聽到我的叫聲後就睡得着了

善良的死神先生

但這樣，你要留到甚麼時候啊？

直到她不再想念我吧！

那好吧，你就一直留在她身邊吧

死神先生，你覺得主人還
可以聽得到我的聲音嗎？

當然

在她心中⋯永遠可以聽得到你的聲音

死神先生，
你知道我的家在哪裏嗎？

對不起！你被遺棄了，你已經沒有家了

沒可能的！明明一開始承諾會
照顧我一輩子的…為甚麼要遺棄我？

死神先生，是不是因為
我不是一隻乖貓貓？

當然不是

只是人類是一種不擅長守承諾的生物

你走啊，我不想見到你
我還不想死…

自出生以來，我未
曾有一頓飽飯吃過

至少讓我感受一次
溫飽才再來吧！

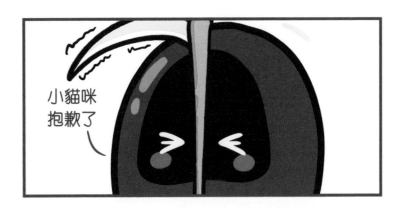

小貓咪，你在等甚麼？要跟我走啦

不走，我在等我的家人　　　我猜他們不會來了

不！他們會來的！我們是一家人
不可或缺的一家人啊！
他們說會愛我一輩子的

我先睡一會吧，睡醒後，他們可能就會來

那我陪你等吧

死神先生，是不是因為我沒有乖乖？
我做錯了甚麼事嗎？

當然不是，你只是愛上了一些壞人類…

小貓咪，請帶上這個，
是時候要跟我走了

老實說，我不想走，
我要用我的一生陪伴我主人

好對不起，但你的生命已經完結了

沒問題的，
那我會用我的靈魂去守護她

加油啊！小貓咪

# 想散步的小狗

喔！是死神先生？
不是說好明天嗎？

明天？

對，因為我已經不能動和進食了，
醫生說明天就會安排我進行安樂死。

痛苦的是每天看着主人
以淚洗臉，但我甚麼都做不了。
我很想跟她說，感謝一直以來的
照顧和陪伴，我過得很開心

嗚⋯如果現在我可以站起來
跟她再一次散步就好了

善良的死神先生

哇！我…我站起來了！

好好去享受這次散步吧

謝謝你，死神先生

主人，去散步啊！

慢慢行啊，小狗

貓貓是一種奇怪生物

他們喜歡一直看着
牆壁好幾個小時

究竟他們在看甚麼呢？

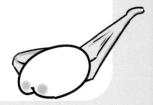

# 怕黑的死神先生

你怕黑嗎？

當然不怕！我是一名死神啊！

嗯！我也不怕

善良的死神先生

那個…如果你想的話，
可以靠過來多一點啊

謝謝…

一起做點甚麼吧

好呀！你想做甚麼？

嗯…一些你喜歡的事吧？

睡覺！

有沒有比睡覺更好的事？

我看，這沒可能吧…

我意思是一些有建設性的事啊！

就是睡覺啊！

看！死神先生，
那顆是甚麼東西？

消失

出現！

這是甚麼東西？

我看這是人類的導彈吧，
我剛剛在空中攔下來的

我想去攔多點回來，
你可以先幫我拿着這個嗎？

為甚麼？
這很危險呢

因為如果人類不結束戰爭…

那戰爭就會結束人類了…

啊！先生你好！

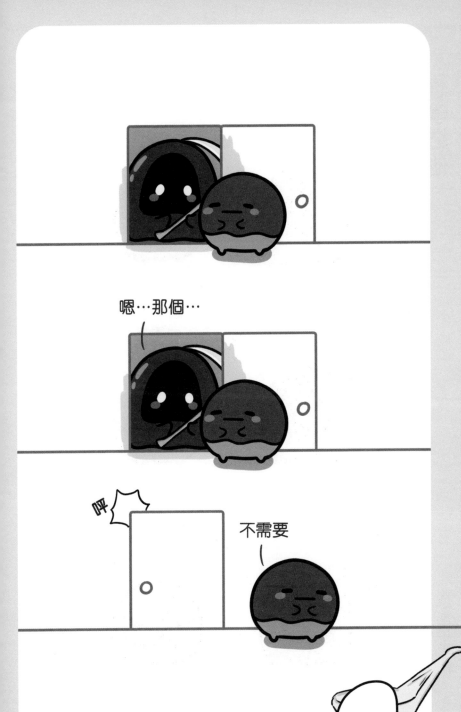

吼！你的時間真的到了
快點跟我來！

不要！等等…

我還未完成我的新年目標啊！
我想今年內學好結他，
可不可以給我多一點時間？

聽起來挺有意思呢！
那你還差多少才完成目標？

嗯，我還沒開始

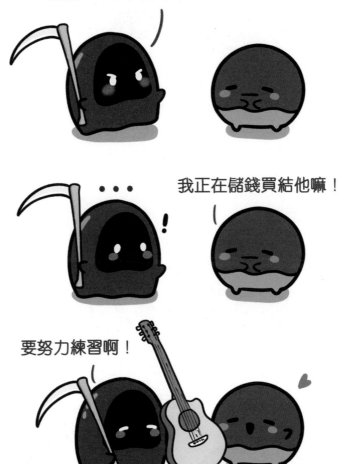

你業績還是零啊！

對不起

這樣下去，
你可能會被開除的！

嗚哇！怎麼辦？

你太善良了，
可能你需要裝兇一點

怎樣啊？

對!你試裝一個好憤怒的表情來

喔喔!

喔!我好憤怒啊!

嗯…
還是好可愛

憤怒!

熊貓先生，你的時間到了
請你跟我走吧

暫時不了

但你一生已經過得很爽吧，
還有甚麼想做嗎？

那個嘛⋯

自出生以來，的確一直被人照顧。
因我性格很懶的關係，
如果放我到大自然，
可能我不會活到 35 歲呢！

但我現在想鼓起勇氣，
自己一個去感受一下外面的世界

好吧！你去，要好好享受啊！

謝謝你

但臨走前，要先睡一個午覺

喔好…
先睡一下吧！

靈魂收集業績：還是零

小野豬，你最近好像胖了不少

對呀，人類最近一直有給我們食物

我覺得你還是留在山中比較安全吧！

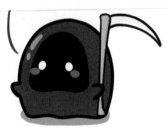

善良的死神先生

但山區早已被人類佔據了，所以也沒分別吧！

沒事的，沒事的，他們很好
每天都給食物我們，我們和睦相處

但我怕…

他們來派食物啊！

喔！看！
是晚餐時間啦！

等…等…

小野豬的故事（下）

那我先去吃飯啊，
待會再見啦！

但那可能是…
陷阱啦！

...

......

善良的死神先生

104 | 105

還沒回來啊⋯

喔喔！我吃飽飽回來囉！

oh no！

死神先生，你有心事嗎？

小湯圓，你覺得我應該放棄當死神嗎？

為甚麼？

我覺得我是一名無用的死神

其實我一直收集不到靈魂，大家都不會跟我走，
有時候我還會陪他們一起完成想做的事⋯

你很善良，像你這樣的死神是很重要的！

這世界需要你的善良！請不要放棄！

你好啊！

喔！是死神先生 我沒時間了嗎？

你還有甚麼事想做啊？

嗯！

我希望能令多些人接受我

但無論我怎改變自己來迎合他人
大家都沒有怎麼喜歡我

我看現在沒有所謂吧，因為我已經沒有時間了

我是來想跟你說，每次為了
讓別人喜歡你而改變自己，
你就會喜歡自己少一點了

要為自己設想多一點而活下去啊！

一二三…紅綠燈

過馬路要小心！

爸爸

一二三…紅

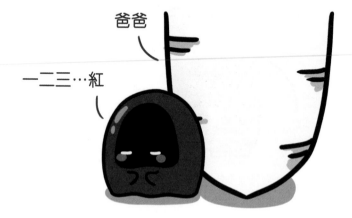

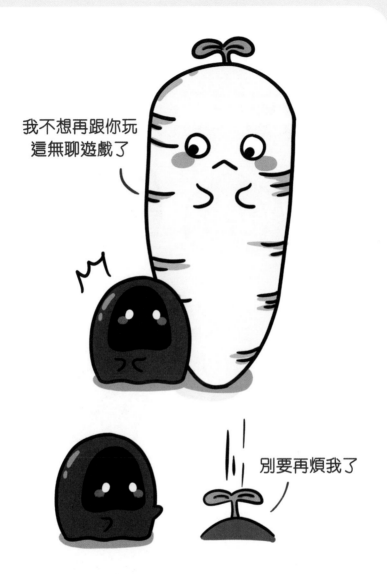

我不想再跟你玩
這無聊遊戲了

別要再煩我了

蘿蔔仔…我不捨你長大得太快啊…

死神先生，
你可否幫我一個忙？

嗯？當然可以

你可以將我變成人類嗎？
我好想感受一下當人類是怎樣的

喔！
我盡力吧！

完成啦！

甚麼呀？
我還是一個南瓜啊！

你現在跟人類一樣了！
外表笑笑的，內心卻是空空的

可惡…今世我竟然
轉生成蕃茄

唉，討厭啊！

喔耶！死神先生你來啊！

Hi！

我的時間到了？
你是來接我嗎？

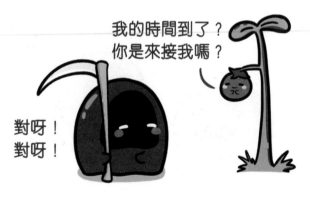

對呀！
對呀！

嘆息

死神先生，為甚麼種那麼多樹苗？

這些都是為之前在
疫情和戰爭中死去的人種的

人類正在處於一個很艱難的時期啊！

請原諒我，我沒來得及幫到你
但我答應從今會留在你身邊的

我是一棵寂寞的蒲公英

呼

看來我這一生要快完結了

再見了

呼

善良的死神先生

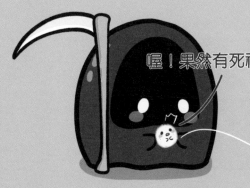

喔！果然有死神先生來接我走啊！

飄

不是啦！

你得到重生的機會啦…

作為一名死神，我從來不介意沒有朋友

但…但如果是你啊！

我不能失去你

因為你太了解我

所以我們要友誼永固啊

作者不能死

不要！我不可以跟你走！
我還有很多幅畫未完成啦！
（編輯又催稿了！）

善良的死神先生

你去畫吧，要加油啊！
還差一點點而已

# ⚠️
# 注意

以下內容是
《善良的死神先生 ( 長篇故事 )》
結局篇

請先到 instagram@ohlittlereaper
觀看第 1-24 話後
再回來啊！

| Cancel | Do it now! |

待會見啊！

善良的死神先生

# 善良的
# 死神先生
## （結局篇）

前文提要：
善良的死神先生的真實身份，
原來是造物者一萬年前派來地球的
農業之神「撒頓努斯」！
月球先生拜託死神先生，
要從極級死神中取回被拿走的半個靈魂，
否則月球壽命會很快完結，然後撞向地球……
變回真身的死神先生，
與極級死神的決戰一觸即發！

# 你的名字是…

# 農業之神「撒頓努斯」
## Saturnus

小小鬼要你辛苦了。從現在開始，
我不會再讓你受傷害的

你也回來到你的真身吧！

喔！死神先生？

死神先生！你變回你的真身了！

對！所有的記憶也回來了

但小小鬼你不必擔心，我不會再傷害人類的

喔！

現在我需要你
跟我一起戰鬥！

終於展露你的真面目啊！

極級死神
不倒之死神

喔，準備好了嗎？

別要跟我得意忘形，
去死吧！

技能發動：月鐮

消失

好快！去哪裏了？

你在看哪裏！

技能發動：無聲接近

# 無聲接近

這速度是死神艾美獨有的，
為甚麼你也做到…

對！但這次有點不同

這次力量也夠了！

成功打敗了他嗎？

謝謝你跟我
一起戰鬥

原來艾美的意識
已在死神先生身體裏

我看沒那麼簡單

~升起

看來我必須
要認真了

超級技能發動：不倒翁死神
技能發動後，死神達摩將會有不倒之身

農業之神 VS 極級死神

極級技能發動：極級收割

# 巨人蘿蔔刀

揮下

呼

我現在是不倒之身
你這技能已經沒用了！

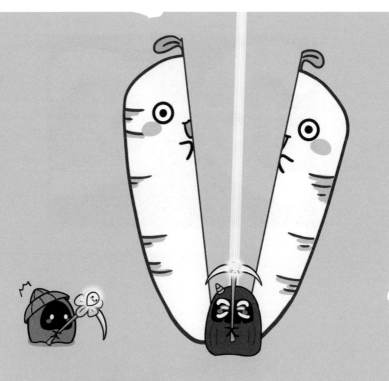

怎麼會…！？
連我的極級技能也被劈開兩半！

我看不要再浪費時間了
我也來用一趟極級技能吧！

～長出

## 極級技能發動：邪眼

邪眼乃是死神達摩最強技能，
由吸收妒忌和惡運力量而生。

這不祥的感覺是
前所未有的！

pop

消失

邪眼能將吸收回來的惡運力量
任意轉移到目標敵人身上

善良的死神先生

你的力量就讓我吸取吧！

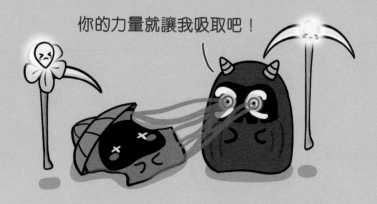

我代表毀滅人類文明
跟你說聲謝謝啊！

極…極級技能：
大豐收之日

# 大豐收日

不得了的力量！

但是…給終
敵不過他的邪眼

太好了！
太好了！

吸回來的力量，
剛好可讓你和人類一起
灰飛煙滅！

然後我將成為新的創造神，
打造全新的世界和規律！

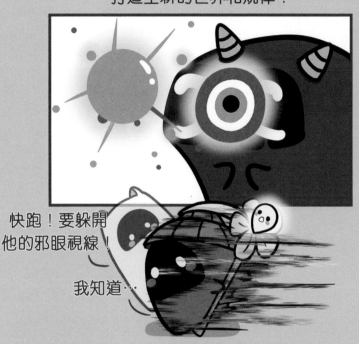

快跑！要躲開
他的邪眼視線！

我知道…

視線…等等！
對了！可以用這個！

沒用了，現在所有
人都逃不掉的

**末日之眼：**
超巨型邪眼，世間所有在視野內的事物
都會瞬間消失。當升到大氣層最高點就會
張開瞳孔，俯瞰整個世界。

我記得是放這裏的！

善良的死神先生

找到了！

這…是甚麼？

小小鬼，
待會靠你了！

特級技能

最後機會了！

咚！

善良的死神先生

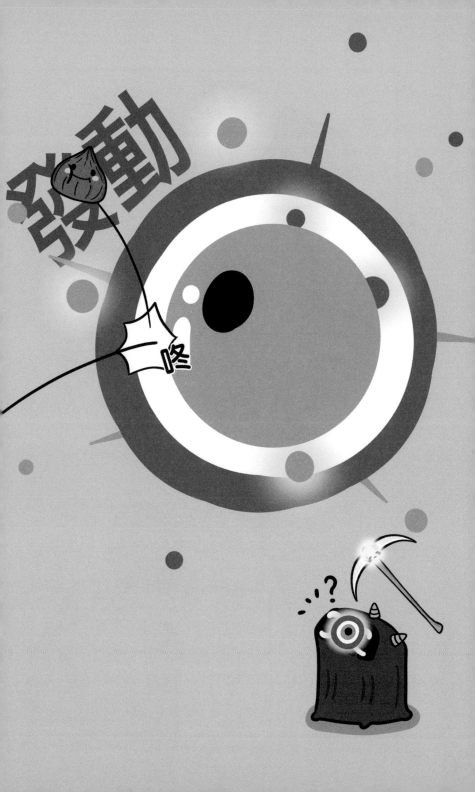

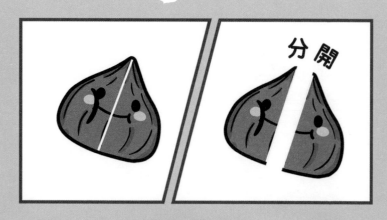

# 洋葱的感動!

......

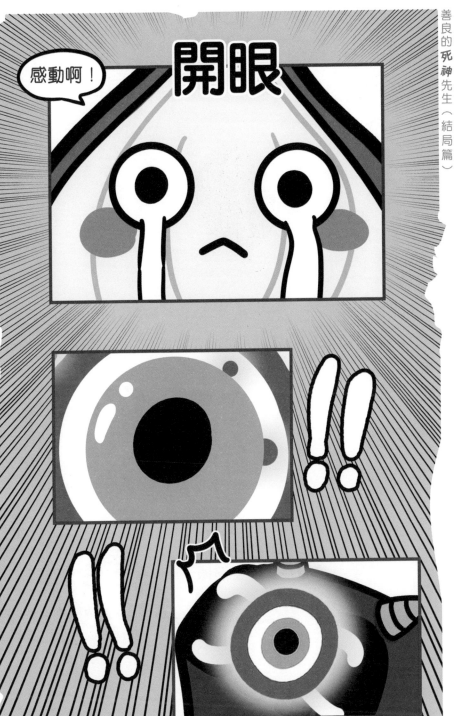

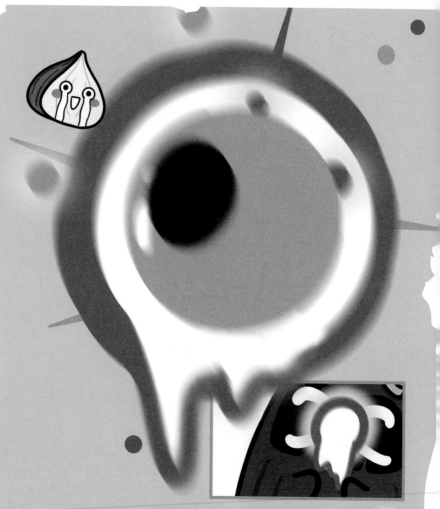

嗚哇！我的眼睛！
到底發生甚麼事？
好像快要…要溶掉！

善良的死神先生

洋蔥的感動：
當洋蔥君睜開眼，所有跟洋蔥君
有眼神接觸的都會流淚，隨即融化

噗咚

甚麼都看不到了…

一切終於都結束了

那個…對不起
弄哭你了

只要你歸還力量給月球先生，
你的視力就會回來啊！

為甚麼不殺了我？

你只是被過大的力量
影響了，我記得你
以前是個好好的上司呢！

也對呢…我的情緒好像
一直繃緊了好久好久

好吧！我不要這些力量了

嗯！

謝謝你…
讓我大哭一場…

善良的死神先生

**真的終於結束了⋯⋯**

要吃多點蔬菜
和多喝水啊！

（完）

這個…艾美！送給你的

**魂歸草**
死神先生研發的草藥。
特性：每月的農曆十五開花，
花朵會發出如月亮般的光線。
種植方法：一旦接觸日光就會死掉，
只能靠月亮的光來生長。
功效：幫助迷失了的靈魂找回主體。

善良的死神先生

「感謝你看完！
你絕對有一顆
善良的心 ♥」

作者先生
波比字

給生活多一顆糖 2

善良的死神先生

繪著
波比

責任編輯
梁卓倫

裝幀設計
羅美齡

排版
辛紅梅 / 羅美齡

出版者
知出版社
香港北角英皇道 499 號北角工業大廈 20 樓
電話：2564 7511　　傳真：2565 5539
電郵：info@wanlibk.com
網址：http://www.wanlibk.com
　　　http://www.facebook.com/wanlibk

發行者
香港聯合書刊物流有限公司
香港荃灣德士古道 220-248 號荃灣工業中心 16 樓
電話：2150 2100　　傳真：2407 3062
電郵：info@suplogistics.com.hk
網址：http://www.suplogistics.com.hk

承印者
中華商務彩色印刷有限公司
香港新界大埔汀麗路 36 號

出版日期
二〇二三年七月第一次印刷

規格
大 32 開（210 mm × 142 mm）